집으로의 여행

박순희
제3시집

서시 序詩

봄이 창밖에 와 기다린다
말[言]이 칼날처럼 예리하다면
옷을 입혀 세상에 내놓아야 하지만
하고 싶은 말이 온순하다면
맨살로 내보내도 괜찮지 않을까

순한 짐승 한 마리
봄 동산에 풀어놓고 싶다
제비꽃 한 송이 다치게 하지 못하고
기어가는 벌레 한 마리도 비켜 가는
선한 짐승 한 마리
문밖으로 내놓고 싶다

흙과 만나면 흙이 되고
물과 만나면 물이 되고
바람과 만나면 바람이 되는
부드러워진 그 무엇 하나
봄 동산에 보태고 싶다.

2023. 봄날에... 박순희

서시序詩

1 농다리에서

2 하늘이 좋아

3 자연自然 속에

5 아하, 그렇구나

1

농다리에서

시 아닌 시

선생님께 시를 보여 드리니
이건 시가 아니라고 말씀하시네
시는 설명이 아니고 비유라고

시가 아닌지는 몰라도
하고 싶은 말을 하니 속이 시원해
한 권으로 묶어서
이 사람 저 사람에게 나누어 주었네
함께 한세상 흘러가고 싶어서

시가 무언지 모르는 사람들은
재밌게 읽었다 말하고
나도 시를 쓰고 싶다 말하고
시가 무언지 아는 사람들은
말이 없네

예수님이 의인을 부르러 오지 않고
죄인을 부르러 오신 것처럼
시인을 위해 쓰지 않고
시를 모르는 사람들을 위해 써야지.

농다리에서

봄이 예뻐서
봄 구경하러
소풍 가는 날

배 아픈 예종이와 둘이서
택시 타고 먼저 도착한 농다리

커다란 돌들이 징검다리 이룬 것 보며
하룻밤 사이에 어머니 위해 놓았다는 전설을 떠올리고
과연 문화재가 될 만하다고 감탄하다

건너보고 싶어서
예종이 앞세우고
그 뒤를 폴짝폴짝 건너뛰다가
이끼에 미끄러지는 순간
훅 치고 올라온 외마디
'어머, 나도 빠지나?'

연극의 1막이 끝나듯
거기서 내 인생 1막이 끝났네.

자라는 것들과의 한판

손톱이 자라는 동안
교만이 자라고
머리카락 자라는 동안
욕심이 함께 자라는 것을

손톱 깎을 때
뾰족한 송곳 같은 교만도 잘리고
머리카락 자를 때
더부룩한 욕심 줄기도 더불어 잘려 나갔으면….

태풍

우리의 비만을 보시는 하나님
태풍을 보내 식물을 떨구신다
우리의 거짓을 아시는 하나님
폭우를 보내 씻고 씻으신다
하나님 얼굴 뵙기까지
얼마나 더 잃고 씻겨야 하나.

작은 새·1

삐삐 삐삐
들리는 새 소리

전봇대 꼭대기에 작은 새 한 마리
앉아 소리지르고 있다

엄마를 찾는 걸까
아빠를 부르는 걸까

드넓은 하늘 아래
혼자 울고 있는 어린 새

작은 새·2

먹빛 밤 지나고
나무들 잠 깨는 시간 기다려
창밖에 몰려온 새들의 합창 소리

그 어린 작은 새
찾았다고 걱정 말라고
알려주는 경쾌한 멜로디

가벼워지는 마음
함께 어우러져
한 점 바람이 된다

길 위엔 어제처럼
줄지어 지나가는 차량들
쉼 없는 엔진 소리 바퀴 소리

어디로
어디로
가는 중일까.

구피와 나

어항 속에 구피 몇 마리
같은 듯 다르다
꼬리 제일 예쁜 놈
눈 크게 뜨고 찾고 있는 나

거울이 없는 세상 속 구피들
자기 꼬리 예쁜지도 모르고
그저 먹이를 찾아
오르락내리락

저 예쁜 꼬리 자기가 만든 것 아니니
뽐낼 일이 무언가
자기 꼬리 못 보니
뽐내지도 않겠지

선악善惡의 물이 든 내 눈이
예쁘다 밉다 판단하는 거지
악한 눈 씻기고 나면
모두가 아름답게 보일 텐데.

아니지

쬐그만 화분에서
꽃이, 채송화꽃이 한 송이 핀 아침
스마트폰을 들이대고 찍는다
'누구에게 보낼까?'

'아니지
사랑은 자랑하지 않는다고 했는데.'

부부·1

청靑실 홍紅실 만나서
부부의 이름으로 허리를 묶고
자식의 이름으로 발목을 동였네

청실은 동쪽을 바라보고
홍실은 서쪽을 그리워하며
한쪽 눈 반쯤씩 감고
뒤뚱이며 걷는
이인삼각.

부부·2

이기기를 다투는
끝없는 싸움길
지는 게 이기는 거라고
누가 말했을까

세상은 이기라고 응원가를 불러주고
그 장단에 맞추어 아웅다웅 겨루다가
마음은 경색되고 집 안엔 냉기 흐르는 거
끝까지 가 보아야 아나

떠오르는 태양은 기운차지만
지는 해는 애잔하지 않은가
언젠가는 질 우리 사이
지는 해 앞에 서서 지는 길을 묻네.

풍랑

생각이
믿음 없는 남편에게 다다르면
풍랑 만난 배처럼
일렁인다
의심의 물결
불안의 물결이 거세어진다
한참을 멀미나게 흔들리다가
풍랑 위를 걸어오시는
주님을 본다

재빨리 주파수를 맞춘다
믿음의 주요 온전케 하시는
예수님을 바라본다
어느새 마음의 풍랑이 잔잔해진다.

엄마와 아들

공부해야 하는 아들은
컴퓨터가 좋아서
온종일 컴퓨터 앞에서 놀고

컴퓨터 앞에 앉아 글을 써야 하는 엄마는
컴퓨터가 싫어서
하루종일
이리저리 뒹굴며 놀고.

소금꽃

- 태평염전에서 -

소금꽃이 이리 예쁜지
예전엔 몰랐어요

소금꽃이 어떻게 피는지
예전엔 몰랐어요

우리가 뜨겁다고 해를 피해 숨는 시간
소금꽃 피우는 사람들 일하러 나간대요

땀과 눈물이 섞여야
비로소 피는 꽃

소금꽃 한 알 입에 넣으면
바다 맛, 땀 맛, 눈물 맛

소금꽃이 이리 귀하게 피는 줄
예전엔 미처 몰랐어요.

어머니 마음

노쇠하신 어머니 독거하는 집 안에
오랜만에 울리는 어머니 웃음소리

당신의 살을 먹여 자식들을 기르시고
자식들 살리기 위해 당신 또한 사셨네

입고 갈 무명수의 부탁하는
늙은 어미 깊고 간절한 마음
설익은 자식 마음이 어찌 알까
무심(無心)한 자식들일망정
유정(有情)한 어머니 마음.

다섯 살

어린이집에서 돌아온 손녀
"싫어, 싫어" 하다가
엄마 손에 이끌려 샤워를 한다

"동 동 동대문을 열어라
 남 남 남대문을 열어라
 열두 시가 되면은 문을 닫는다"

동요를 부른다
오늘 배운 동요를 부른다
부르고 또 부른다

물의 온유溫柔가
아이 마음에 노래 싹을 틔운 걸까?
싫은 마음이 씻긴 걸까?

개미 사랑

오뉴월 땡볕에 양식 물어 나르는
개미들 까맣게 줄을 잇는데

할머니 손 잡고 걷던 손녀
"할머니, 개미 조심해! 개미가 죽었잖아!"
소리치며 속상해 한다

내 발에 밟혀 죽을까 봐
부지런한 개미들 조심하며 걷는 일
옳은 일이었네

그들은 게으른 나의 오래된 스승이니.

벚꽃 핀 날

살랑바람 기어이
벚꽃을 불러냈습니다
세상에 초대된 벚꽃 송이들
기품을 뽐내며 도도합니다

벚꽃 핀 마을에 환호성 들썩이고
만나는 이마다 덩달아 얼굴이 환해집니다
길 가는 젊은 여인의 옷자락도
살랑바람 타며 즐거워합니다

벚꽃 송이송이 누굴 닮아서
이리 마음을 설레게 하나요
다섯 손가락 펴 보이며
이렇게 됐다고 다 컸다고
활짝 웃는 다섯 살 손녀 얼굴일까요
세상을 읽기 시작한 어린 목소리
샘물 같은 언어의 울림일까요

하늘바람 가지마다
벚꽃을 불러냈습니다

세상에 초대된 벚꽃 송이들
왁자한 세상 아랑곳없이
기품을 뽐내며 도도합니다.

하얀 목련·1

경칩에 잠 깬 뿌리 움찔거리니
가지 끝 꽃눈 흠칫 실눈을 떴다

햇살에 바람 섞어 숨 크게 들이켜고
흠 없는 숨결로 소담스런 흰 꽃송이
가지마다 활짝 활짝 불어 놓았다

환한 미소에 희망 한 줌 담아
빼곡히 매달아 놓은 하얀 봄 편지.

하얀 목련·2

드디어 하얀 목련 얼굴을 내밀었다
눈 맞춤에 덩달아 봉오리지는 내 마음은
무슨 색일지 무슨 모양일지
살짝 노크해 보고 싶다

활짝 피어 구김 없는 맑은 그 얼굴
흠 없고 부드러운 순백의 기품
내일의 낙화 염려하지 않는
오늘의 신부 단장 곱고 고와라.

봄비 오는 날

봄비 맞으며
꽃눈, 잎눈 들 화들짝 깨어났다
길었던 밤 지나고
노랗고 붉게, 희고 푸르게
색색 옷 입고 찾아온 봄날
덩달아 봄물 드는 내 마음

은혜의 비 맞으며
자녀들의 마음에도
꽃눈, 잎눈 들 활짝 피어났으면
하늘 향해 두 팔 벌린 나무가 되어
싱그럽게 희망차게 자라갔으면
기도의 손 모으는 봄비 오는 날.

이 시대의 아이들

이 시대의 아이들
눈길 둘 곳 어디

이 시대의 아이들
귀 기울일 곳 어디

이 시대의 아이들
발길 향할 곳 어디

이 시대의 아이들
기댈 언덕 어디.

인공 세상과 나

컴퓨터가 코앞까지 왔을 때
등 떠밀려 책상 앞에 앉아
로마서 펴놓고 자판을 익혔지

빠르게 앞서 달리는 세상 보며
너 혼자 가라고 쳐다보지도 않다가
홀연 우물 안 개구리인 내 모습 보여
화들짝 튀어 올라 어리둥절
영어 나라를 기웃거렸네

턱밑까지 침투한 유튜브 세상
「정철 영어 성경 통독 암송」
클릭해 가며 영어를 익히고
세상의 소리 선명하게 들릴 무렵

「기독문학」 출판 감사예배 시간
성경 봉독하는 내 모습
동영상에 찍혀 유튜브에 올라오니
또 한 번 화들짝

바람에 밀려 한 걸음 한 걸음
발 들이민 인공 세상
다음은 어디로 불리어 갈지
땅거미 내리는 들녘에 서서
이정표를 찾고 있다.

암벽 앞에서

앞길이 암벽이라고 말해 주는 이 없었다
힘없이 무너지고 주저앉는 하루하루

해마다 꽃 진 자리에 열매가 맺고 자라는 동안
내 안의 눈먼 꿈도 자라 키가 컸는지
무시로 비가 오는 여름 어느 날
길이 보였다

발 내디딜 곳 없는 암벽 앞에
서 있는 나
손에 잡히는 것들은
그 무엇이든 단단히 붙들고
끝까지 있는 힘을 다해 붙잡고
한 걸음 올라야 하는 길 아닌 길

휘파람 불며 두 팔 흔들고 걸어도 좋은
파란 바람 이는 숲길이 아니라
바람에 잘려 나가고 남은 작은 뿌리라도
손바닥이 벗겨지도록 꽉 붙들고
놓치지 않으려고 안간힘 쓰며

가까스로 한 발짝 옮겨 놓는 길
땀 없이 눈물 없이 오를 수 없는
길 없는 길

암벽 앞에서 희망을 산다
희망과 함께 암벽을 오른다.

2

하늘이 좋아

라벤더 시인

시인이라는 이름을 붙여주시고
시를 쓰라 하시네

시인이라면
하루에 한 줄이라도 써야 된다고
속삭이시고

석류껍질을 벗기면
쏟아져나오는 홍보석처럼
나를 벗기는 작업을 거쳐 뿜어져 나올
라벤더 향기 기다리시며

살얼음진 세상의 발등 보게 하시네.

인생·1

이 땅에 온 날
눈 감고 왔고

이 땅 떠나는 날
눈 감고 가지

모태母胎에서 떨어져나와
무덤으로 들어가는 동안

오고 가는 일이
그분 명命이니
사는 일 또한 그분께 속한 것 아닌가!

인생·2

시간을 금쪽같이 쓰면
삶이 반짝거릴까

시간을 금쪽같이 아껴 쓰면
삶이 밤하늘 별들처럼 빛나게 될까

시간은 쉼 없이 흐르며
오곡백과를 기르고 익혀
세상을 풍성하고 살맛 나게 하건만
우리는 단맛 든 과일들을 먹으며
시간의 공功을 기억 못하네

햇빛처럼
공기처럼
거저 받으니
시간의 귀함을 알지 못하네

생명을 가꾸는
하나님의 손길 같은
햇빛과 공기와 시간은

값을 계산할 수 없어서
값이 없네

하늘 생명을 주시는
예수님의 보혈
값을 따질 수 없어서
값없이 받네

알파와 오메가이신 주 안에 살면
그 빛으로 달도 되고
그 빛으로 별도 되어
빛 나는 인생이 되네.

슬픈 인생

입으로 나를 시인是認하면서
마음으로는 왜 믿지 않느냐
능력의 근원인 나를 믿지 않기에
무기력하고
삶이 재미없는 것을

왜 내게 구하지 않느냐
비가 하늘에서 내려 땅을 적시듯
태양이 하늘에서 빛을 내려 만물을 덥히듯
네게 필요한 모든 것이 내게서 나는데
왜 내게 구하지 않느냐

왜 알면서 따르지 않느냐
오른쪽으로 가야 하는 줄 알면서
왜 왼쪽을 향하여 가느냐
맑은 물을 원하면서
왜 구정물로 향하느냐
슬픈 인생이여!

집으로의 여행

세상은 무대
나는 배우
관객은 하늘 아버지

내게 주신 배역은 진리 찾는 나그네
흐르는 세월 속 한결같은 단 하나
정갈하고 견고한 보석을 발견하는 일

밤이든 낮이든
「좁은 문으로 들어가라」는 대본 하나 들고
아버지 앞에서 살아온
인생 70년

이제 남은 건
아버지 집으로의 자유로운 여행.

고삐

말을 하면
하나님이 먼저 들으시고
마귀가 따라 듣고
내가 듣는다

하나님은 내 말 중
밝은 말을 찾으시고
마귀는 내 말 중
어두운 말을 찾고
나는 내가 뿌린 말에
고삐를 잡힌다.

사는 법

식탁 위 반찬 그릇 바닥이 보일 때쯤
큰맘 먹고 시장에 간다

이거 주세요
저거 주세요
까만 비닐봉지에 이것저것 넣어지고

뭐가 얼마인지 묻지 않고
저울 눈금 쳐다보지 않고
계산할 줄 모르는 어린아이처럼
말없이 카드를 건네면
빠르게 영수증이 온다

집에 와 풀어놓으면
참 많다 풍성하다
수고한 부지런한 손들이 참 고맙다
남는 장사를 한 듯 뿌듯하다가

물건 주인 더하기 잘못해서 손해 본 건 아닌지
가슴 한편에 불안이 스민다

전문가인데 그럴 리 없겠지
걱정을 어루만진다

사는 법이다.

딴 생각

기타를 치다가
순간
코드를 놓쳤다

비집고 들어온
딴 생각 고놈 탓

찬송을 부르면서
말씀을 들으면서
은혜를 놓쳤다

머릿속에서 종횡무진하는
딴 생각 고놈 탓

기도를 하면서도
딴 생각 하고 있는
속수무책인 나

혼자 얼굴이 붉어진다.

그릇 씻는 날

한번 사용해 볼까 하는 마음
일어선 날
그릇장 속에서 잠자고 있던 그릇들
싱크대로 옮기고

거저 받아서인지
용도가 애매해서인지
한 번도 사용하지 않은
20년은 된 듯한 그릇들을 씻는 날

그릇장보다 더 깊숙한 내 안에
거저 받아 있는 줄 몰랐던
이제껏 한 번도 써 보지 않은
무디어진 능력들

씻기는 그릇들 환호성 사이로
웅성대는 소리 들린다
모양과 빛깔을 드러내는 날
몸 풀리는 날 기다리는 씨앗들의 소리.

청소

책상다리 뒤쪽 구석
손 닿지 않는 곳에
쌓여 있는 먼지

내 마음 구석 어딘가에
회개하지 않고 내버려 둔
숨어 있는 죄

팔을 쭈욱 뻗어
걸레를 들이대고
샅샅이 훔쳐내니

내 마음속 어딘가도
정체 들킨 죄를 닦아낸 듯
개운해지다.

장맛비 지나간 후

장맛비 지나간 후
파아란 하늘에 흰 구름 두둥실
내 마음엔 기쁨이 두둥실

꽃들만 반기며 걸어온 길
끝자락이 가까운데
아!
여름날을 온통 장식해 놓은
나뭇가지마다 숲마다 빼곡히 매달려 빛나는
짙푸른 보석들의 합창 소리

이제야
내 눈과 귀를 막아서다.

나도 나무처럼

잠 깨어 창문을 여니
나무들이 먼저 깨어
춤추며 노래하고 있다
바람이 놀러 왔나 보다

나도 나무처럼
바람과 만나
춤추고 노래하고 싶다

나의 잠을 깨우는 바람
앉아 있는 나를 일으켜 세우는 바람
걷게 하고 달리게 하는 바람

나무처럼 고요해지면
나무처럼 푸르러지면
그 바람 나에게 찾아오려나

바람에 온전히 나를 맡기고
아직 부르지 못한 노래
실컷 부르는 아침 오려나.

어쩌다 보니

어쩌다 보니
삭신이 아프다

통증은 생장점生長點
그래서 힘이 든다

힘이 들어서
눈물이 난다

그 눈물 방울에
담기는 하늘빛.

하늘이 좋아

하늘이 좋아
내 것이라고 금 긋는 이 없는
내 것이라고 소리 지르는 이 없는

온종일 벗 되어 주는 해님이 있고
맘껏 그림을 그리다 쉬며 노는 구름이 있고
해님이 지칠 때쯤이면
하얀 얼굴 내밀고 올라오는 달님이 있는
파아란 하늘이 좋아.

가을 하늘

하늘은 바다
별들의 바다
술래잡기하듯 별들이 숨으면
나는 술래가 되어
흰 구름 파도치는 바다 위에
흰 돛 단 내 마음을 띄운다.

잘 가, 해야!

유리창으로 들어오던 햇살이
밖으로 나가더니 꼬리를 감추고
나는 창으로 바싹 다가선다

이웃 동네로 길 떠나는 해
'안녕'하는 눈짓
한 번 더 보고 싶고
'잘 가'하는 마음 전하고 싶어

나의 하루는 책장처럼 덮이고
바다 건너 아이들 차례차례
잠에서 깨어날 아침을 떠올리며
기도하는 마음이 된다

그들의 하루가 배부르기를
그들의 하루가 화목하기를
그들의 하루가 상쾌하기를

나의 저녁이 오면
시작되는 그들의 아침

잘 다녀오라고 배웅하는
내 이마 위에
어느새 초승달 뜨다.

길 떠나는 시간

설거지 마치고
갈색 커피를 저으며
유리창 너머 뒷산 단풍들과 눈맞춤한다

"선생님은 노을이에요!"
아직도 쟁쟁琤琤한 열네 살 소녀의 말
30년이 흐른 이 아침에
그녀도 커피를 손에 들고
노을빛 단풍을 바라보고 있을까

창밖엔 밤새 차가운 바람 몰려와 있는데
아직 가지에 남아 있는 잎들 맘이 설레겠다
이 아침 맘 설레는 건 나도 마찬가지

어미 맘 아랑곳없이 길 떠나는 잎들
즐거이 재잘거리며 흩어져가는데
바라보는 어미 눈매가 곱다.

가을날

이 세상 올 때
내 뜻 없이 왔고
이 세상 떠날 때
내 뜻 없이 가네

천하 만물이
제 뜻 없이 왔다가
천하 만물이
제 뜻 없이 가네

개미 한 마리도
그분 뜻 아니면
눈뜨지 못하고
나뭇잎 하나도
그분 뜻 아니면
떨어지지 못하네

단풍잎 우수수 바람을 타는 날
더 얻을 것을 바라는 이와
더 버릴 것을 찾는 이가

노랗고 빨갛게 단풍 든 길을
나란히 걸어가네.

돌아가는 날

너는 흙에서 왔으니
흙으로 돌아가라고
그분이 숨 거두시는 날

물과 흙과 공기와 햇살을 알맞게 섞어
지으시고 심히 기뻐하시며
먹이고 입히고 키우시는 분

참새 한 마리
풀잎 하나에도
눈 떼지 못하시는 분

그분이 손 놓으시는 날
이승의 가지에서 갈잎처럼 떨어져
다시 물과 흙과 공기와 햇살이 되는 날.

나의 길 끝에도

흰 국화꽃 송이들
가득한 바구니에
"어머님 사랑합니다!"
가족들 마음 함께 담아

하늘나라 가시는 길
오롯하도록
오직 은혜로
오직 정성으로 모신
지인知人의 어머니 가시는 길

나의 길 끝에도
가족의 국화꽃 바구니 하나
놓여 있으면 족하리
꽃잎인 듯 나뭇잎인 듯
가볍게 길 떠나면 족하리.

세월

봄 여름 가을 겨울
나고 늙고 병들고 죽고

바람은 바람대로
구름은 구름대로
나는 나대로
동그란 시간의 바퀴에 얹혀
세월 궤도를 도는 중

봄이면 돋는 귀여운 새싹들
여름내 익어가 열매를 내고
누렇게 마른 얼굴 가을 지나면
겨울엔 어디선가 안식하겠지.

지구가 날 태우고

지구가 날 태우고 태양 주위를 돈다
내가 사는 마을에
봄 여름 가을 겨울을 들여놓으며
꽃과 녹음과 열매와 안식을 선물하며
온 누리 생명들을 보듬고
힘들지도 않은지 쉬지 않고 제 길을 간다
난 지구를 타고 쉰여섯 번째
여름자리를 지나고 있다
시속 백 킬로미터의 버스 안에선
흔들리고 멀미 나고 어지러운데
신화의 속도로 달음질하는 지구 위에선
아무렇지도 않다
머리 위에서 구름이, 바람이 대신
이리저리 밀리고 곤두박질하며
멀미를 한다.

가는 길

버스 이미 떠났고 늦었어도
어둠이 아니라고 길을 막아도
말 알아듣지 못하는 아이처럼
묵묵히 가야 한다
잠을 자면서도 가고
밥을 먹으면서도 가고
화분에 물을 주면서도 가고.

자연^{自然} 속에

시를 쓰려면

파란 하늘 바라보다
하얀 낮달 마주치거든
반갑고 고마운 사람에게
소식 전하는
편지 같은 시
하나 쓰거라.

자연自然 속에

버스를 타고 창밖을 본다
하늘, 산, 나무, 풀 들로 구성된
풍경화를 본다
제목은 '自然'

「신의 지문」 열심히 읽는 남편
"자연이 하나님이구나!"
입이 열려 말한다

"하나님이 누구냐고 물으면
무어라 대답할까요?"
모세가 물었을 때
대답하신 하나님
"나는 스스로 있는 자"

하나님이 어디 계시냐고
묻고 물었는데
자연스럽게 알게 하시다.

명의 名醫

삶에 지친 우리
물병 하나 들고
산으로 간다

푸른 숨 내어주고
끝없이 길을 내어주는 산
오르다 보면
자연스레 자연이 되는 우리

바람도 우리 맘 안다는 듯
어깨를 어루만지며 지나가고
마음만큼 무거웠던 발걸음
어느새 팔랑이는 나뭇잎이다

산은
푸른 산은
하늘 아래
마지막 명의 名醫.

조령산을 내려오며

숲속으로 난 길을 따라 산에 오른다
길은 계속해서 혼자 지날 정도의 좁은 길
돌산인지 바닥에 크고 작은 돌들이 널려 있다
잘못 디디면 발목이 삐끗하고 넘어질 판이다

발밑만 보고 한참 오르다 보니
좌우 풍경을 못 보고 지나는 것이 아쉽다
인생길도 이렇게 험난할 땐
한눈팔 겨를이 없겠구나

한참을 오르니 평탄한 길에 자갈도 없는 길
시작된다
살다 보면 이렇게 평탄하고 순조로운 때도 있는
인생길과 너무 닮았다고
앞서 오르는 동행이 먼저 말을 꺼낸다
길이 순탄하니 자연 눈길이 위로 좌우로 바쁘게
이동한다
푸른 잎들 사이로 바람도 이동하고 있다

조령샘에서 목을 축이고 발길을 돌린다

올라올 땐 마음이 무겁더니
내려간다니 마음이 가볍다고
한발 앞서 내려가는 동행이 혼잣말을 한다
인생도 내리막길에서는
그렇게 몸도 마음도 가벼워지는 거라고
나는 속엣말을 하며 뒤따른다

잔돌이 많고 도토리가 많은 산속
디딜 곳을 더듬는 발에게
고마운 마음이 솟는다
눈이 없는 발이지만 실수하지 않는다
머리가 지시하는 대로 내딛고 있다.
머리는 눈을 통해 디딜 곳을 열심히 찾고….

조령산을 내려오며
머리와 발이 하나임을
명령과 순종이 하나임을
가벼워진 배낭에 챙겨 넣는다.

대혜大惠 폭포 앞에서

흘러가다가 낭떠러지를 만나거든
무서워하지 말고 뛰어내려라
주저하지 말고 뛰어내려라
용감하게 뛰어내려라
더 크고 깊은 세계가 기다리고 있단다
참으로 멋진 신세계가 기다리고 있단다

뛰어내리는 것은
파멸이 아니라 신생新生이라고
온몸으로 선포하는 폭포

알알이 부서져 날리는 물보라
비로소 생명들에게 다가가
마른 어깨를 보듬어 적시는
사랑의 향연

강하고 담대하라
네가 어디로 가든지
내가 너와 함께 할 것이라
하신 말씀 붙잡고

힘차게 뛰어내리며
뼛속까지 산산이 부서지며
잠든 산을 흔들어 깨우는 하얀 물소리

흘러가다가 낭떠러지를 만나거든
두려워하지 말고 뛰어내려라
머뭇거리지 말고 뛰어내려라
약속의 말씀 굳게 잡고 뛰어내려라
더 깊고 넓은 세계가 기다리고 있단다
참으로 멋진 신세계가 기다리고 있단다.

물에게

길을 걷다가
갈래 길을 만나서
어느 길로 가야 할지 망설여질 때
뒤돌아보지 않고 흐르는
물에게 귀 기울여 보세요

"예쁘다" 말해 주면
예쁜 얼굴이 되고
"밉다" 말해 주면
미운 얼굴이 되는 물

물은
아래로 아래로 흐르면서
맑아지고
넉넉해지고
산도 담고 하늘도 담지요

길을 모르겠거든
물에게로 가서 귀 기울여 보세요.

아침 바다

밤새
어둠 속에서
충전을 마친 바다는

아침에게
해변을 내어주고
갯벌을 돌려주고
저만치 물러간다

빛 속에
깨어나는 아침 바다
오늘도 달려올 길손들 위해
단장하며 설레는 바다

삶을 짓는 어선
어느새
발동기 소리 내뿜으며
바다 위로 들어서고
길손은 생동하는 그 바다
가슴에 품고 간다.

나룻배 타고 오는 봄

겨울이 몸 담근 강 모롱이
미풍을 기다리는 나룻배 한 척
매화꽃 망울진 강 건너 마을로
길손을 태우고 달리고픈 나룻배

나룻배 만난 길 찾는 나그네
발에 묻은 흙 털고 옷깃 여미며
나룻배 오르니 마음은 푸른 하늘
이마에 스치는 바람도 푸릇푸릇

뒤채는 물결 다독이며 노 젓는 소리
겨우내 숨죽인 소나무 파릇이 눈 뜨고
강바람에 실려 오는 매화 향기 속으로
상기된 나룻배 흥에 겨워 달린다.

민들레꽃·1

길가의 노란 민들레
짧은 햇살, 찬바람 속에
슬며시 고개 들었다

희미해진 초록의 기억 위로
초록 물감 붓 뚜껑 열렸는지
흥건히 연두색으로 칠해지는 산하山河

끝없이 펼쳐놓은 푸른 양탄자 위에
어느 틈에 돋아난 샛노란 민들레꽃
여기저기 한 땀 한 땀 수繡를 놓는다

해처럼 밝고 고운 민들레꽃
맘껏 만나는 이 봄은
돌아온 자유.

민들레꽃·2

잿빛 보도블럭 틈새에서
연분홍 벚꽃잎 내려앉은 길가에서
제비꽃으로 수 놓아진
햇살 고르게 퍼진 언덕배기에서
나를 보거든
"노란 민들레 여기 있었네!"
기뻐해 주세요

수많은 샛노란 꽃잎을 달아주신 분
때를 기다려 바람 타고 날 수 있는 재능을 주신 분
바람이 데려가는 곳 어디든
다가가 깊이 뿌리내릴 수 있는 용기를 주신 분
무심한 발길들에 밟혀도 든든한
마음을 불어넣어 주신 분
그분 손 내 볼을 색칠하며
"넌, 이제부터 자유다!"

파란 하늘이 구름 뒤에 숨은 날에도
행인 발꿈치를 따라가며
활짝 웃고 있는 나

지나쳐가다가
한 번쯤 그대도 걸음을 멈추고
눈 맞춰 주세요
"여기도 자유, 저기도 자유, 자유 천지네!"

봄날 아침

늦지 않고 찾아온 아침
개나리는 샛노랗게
목련은 새하얗게
벌써 단장을 마쳤다
세수하고 머리 빗은 내 영혼도
햇살을 덧입을 시간
빛을 찾아
나비처럼 날아든다
신선한 샘에서
퐁당거린다
생수에 목 축인 내 영혼
날개를 활짝 펴고
바람 타고 날아오른다
목련꽃 그늘 지나
개나리 울타리 넘어.

수선화

- 2020년 고난주간을 지나며 -

때맞춰 핀 노란 수선화
사방이 환하다
예수께서 지고 가시는 내 죄
밝히 비추네

보이지 않는 길
어둡기만 하고
내 맘대로 살기
너무 힘겨워

주님 앞에 무릎 꿇는
돌아온 탕자
마음을 밝혀 주는
샛노란 수선화.

들꽃의 노래

감사해요
한 뼘 키
감사해요
쌀알만 한 얼굴
아버지께 사랑받는 이유입니다

찾는 이 없고
이름도 없으니
참 감사해요
오직 아버지만 바라보는 이유입니다

찬 바람처럼 스치는
사람들 가끔
"아이, 예뻐라"
속삭이는 혼잣말에 얼굴 붉히고

키를 낮출수록
얼굴을 숙일수록
더 가까이 다가서시는
아버지 옷자락 보일 듯해요.

기도하는 풀꽃들

들판에 풀꽃이 지천으로 피는 건
어디에나 풀꽃이 뿌리를 내리는 건
그만큼 기도 제목이 많아서라네

피우신 아버지 마음 알아
쉬지 않고 기도하는 풀꽃들
왼 길로 걷는 우리 발길 돌이키라 하네

새벽이슬에 생겨나 석양에 눈 감는
풀꽃들의 기도 소리 하늘에 닿아
자비와 긍휼의 빗줄기 땅을 적시는 거라 하네.

가을 속의 나

시와 사랑에 빠지는
물 맑은 샘 지나
집에 가는 길
가을 엽서 두 장 받아들고
불을 댕겼습니다
세상이 끌 수 없는 불길
오직 위로만 치솟는

빈 마음으로
돌아오는 길에 비로소
가을 속의 나를
만났습니다.

가을 편지

다람쥐 재빠른 몸짓으로 도토리를 모으고
청설모 밤나무를 타고 올라 알밤을 깨무는
바람 서늘한 가을 한낮입니다
길 위엔 라르고 음표 같은 고운 갈잎들
한 잎 주워 들고 눈 맞춥니다

꽃눈 잎눈 눈뜨는 부활의 새벽을 지나
에메랄드인지 비취인지 모를
초록의 보석들이 빛나는 여름 궁전을 지나
윤기 흐르는 열매들의 환호성 들으며
가을 한복판을 지나고 있습니다

길가 감나무 가지에
주홍빛 내뿜으며 익어가는 감들이
내 안의 가지를 생각나게 합니다
내 안의 열매를 들여다보게 합니다
잘 여문 생각 하나 달렸는지

봄이 여름을, 여름이 가을을 불러왔듯이
단단한 감 알알이 가지의 숨소리에 굵어가듯이

호흡의 주인과 더불어 숨 고르며 예까지 와 보니
발밑에 가랑잎 구르는 소리가
하늘 카페 멜로디인 양 청아淸雅합니다

본향을 생각하며 가을 한복판을 지나고 있습니다.

가을의 끝자락에서

나무들 울그락불그락 가을을 타는 사이
농군들 부지런히 오곡백과 추수하고
할 일 다한 햇살은 저만치 가고 있다

가을의 끝자락에 서 있는 내 영혼
잠시 뒤 찬 바람 불 때 돌아갈 집 있는가
문 열고 기다리시는 아버지 집 보이는가

가을을 보내기가 못내 아쉬워
짧아지는 햇살이 더욱 그리워
팔 벌려 품는 늦가을 햇살 한 줌.

입동 무렵

상강 지나고
입동이 코 앞

수명을 다한 잎들
돌아갈 날 대기 중

바람이 한 점만 불어줘도
앞다투어 뛰어내릴 기세다

마지막 숨을 참느라
잎맥마다 더욱 붉다

단풍 너머 저녁놀
짙어가는 입동 무렵.

낙엽이 지네

시작이 있으면
끝이 있는 세상사
시작도 끝도
알 수 없는 인간사

도돌이표 찍힌 하루, 이틀, 사흘
도돌이표 달린 한 달, 두 달, 세 달
도돌이표대로 한 해, 두 해, 세 해
시작도 끝도 모를 그분의 나라

낙엽 지는 가을날
미련 한 덩어리 등 뒤에 두고
가볍게 집 떠난 길 위에서
노랗고 붉게 물든 마침표를 만나다

날 수만큼
달 수대로
햇수에 얹혀
가지마다 사연들 팽팽하더니

그분의 눈짓 한 번에
길고도 짧은 이야기들
석양에 서둘러 꼬리를 내리고
땅 위에 보란 듯 마침표를 찍고 있다.

은행나무 길

노오란 은행잎 내려앉은
포근한 은행나무 길

천명을 다하고 길 위에 누운 잎들이
편안하다 편안하다
도란거리는 해질녘

행인의 발밑에서 부서져도
달리는 차 바퀴에 짓눌려도
길 떠나자 보채는 바람에도
한 생을 마친 가벼워진 몸무게가
아랫목 따뜻한 초가집 등불처럼
정겹게 다가오는 길.

겨울 아침

밤새 추위를 견딘 마른 산
구름이 조용히 다가와 품어
가만가만 등을 어루만진다

한참을 산을 끌어안고
무슨 말을 속삭이는지
위로가 끝났는지
두 팔을 푸는 구름

구름 사이사이 내미는
녹록해진 맑은 산 얼굴.

겨울나무·2

시와 말씀이 테이블 위에 놓인 아침
'쉼은 선물'이라기에
찾아온 겨울을 가슴으로 덥석 받았습니다
선물인 줄 알고

무수한 잎들이 발밑에서 형체와 색채를 잃어가고
이름마저 잊혀가고 있는 겨울 광장
홀로 남아 뿌리로 버티는 나무들
등 굽은 어미의 스산한 열 손가락 같은 나뭇가지들
구름처럼 말이 없고
바람이 하는 말은 너무 빨라 알아듣지 못하는
입 닫고 귀 닫은 표정입니다

세월이 딛고 지나간 주름진 자리
남은 건 오롯한 말씀뿐
양지쪽 마늘밭처럼
변함없는 약속의 말씀 품고
긴 겨울을 건널 것입니다
아침이면 찾아오는 햇살을 벗 삼아

때때로 매서운 눈바람도 지나가겠지만
그럴수록 더욱 숨을 아끼고
오고야 말 봄날을 기다릴 것입니다
말씀이 곁에 있어 든든한 겨울입니다.

성탄 트리

가랑잎 가고 없는 동짓날 밤
진한 어둠은 한껏 깊어가고
마음속 빛줄기 희미해져 갈 때
찬바람 속에 모습을 드러낸 성탄 트리

쉼 없이 반짝반짝 색색의 꼬마전구들
트리 위에서 무얼 하나 귀 기울이니
하나님이 보내신 예수 그리스도
이 땅에 오심 기뻐 노래하네

그분을 만나 빛이 된 사람들
밤하늘 별이 되어 함께 찬양하고
별밤을 지키는 시우詩友들의 시린 손엔
아직 못다 나눈 사랑 한 줌 들려 있고.

4

봄의 질문

시를 읽는 마음

시인의 마음을 엿보고 싶어
내 맘의 빗장을 풀면
시어의 징검다리 밟고
시인의 가슴이 먼저 건너온다

외로움과 그리움의 씨앗틀 더듬거리고
기다림 속 사랑의 싹이 움트는 결에
이름 모를 방초들 함께 어우러져 있는
그늘 없는 꽃밭 같은 시인의 가슴

반가운 친구인 양 팔 내밀어
덥석 시의 손 잡아주면
잘 여문 봉숭아꽃씨처럼 와르르 터져 나와
품 안에 안겨 오는 시인의 마음.

고백·2

내가 기도할 때 부르는 하나님
이 말에 들어있는 나의 고백
하나님 나의 아버지 전능하신 창조주

에덴동산 중앙에 우뚝 선 두 나무
먹지 마라 선악과 볼수록 더욱 당겨
따 먹고 사망의 그늘 서성이는 우리

눈과 귀 빼앗기고 마음마저 오리무중
입에서 나오는 말 가시 돋친 형상일세
사탄의 종노릇하는 소망 없는 인생길.

봄의 질문

하나님 작품엔
복의 코드가

사람의 작품엔
죄의 지문이

하나님 작품엔
미소가

사람의 작품엔
침묵이

하나님 작품엔
이정표가

사람의 작품엔
마침표가

너는,
하나님의 작품인가
사람의 작품인가.

하나님 말씀은

하나님 말씀은
비처럼 눈처럼
바람처럼
공평한 은혜

하나님 말씀은
듣는 사람 받는 사람
누구에게나
주시는 사랑

파란 하늘의 주인은
고개 들어 올려다보는 사람

하나님 말씀의 주인은
마음의 보석함에 담는 사람.

등 燈

낮에 빛나는
세상의 빛은
밖에 있어
어둠이 오면
실족하게 되나

진리의 빛은
내 안에 있어
밤에도 평안히
길을 가네.

누룩

바람 타고 날아왔나
죄의 씨 하나
보이지도 않는데
마음을 온통 부풀려놓는다

하늘이 알고
땅이 알고
내가 아는 죄

유월절 밤이 지나고
누룩 없는 빵을 먹는 무교절 아침
유월절 어린 양 피로
덮여진 나의 죄
더 이상 내 안에서 부풀지 말라고

일용할 양식 감사드리며
눈 감을 제
들리는 말씀
누룩을 버려라.

씻으라시네

유출병 걸린 사람들
살리기 위해
만들어 놓으신 길
옷을 빨고
물로 몸을 씻으라시네

죄의 올무에 걸린 사람들
살리기 위해
만들어 놓으신 길
십자가의 보혈
그리스도의 사랑으로
마음을 씻으라시네.

예수님 이 땅에

예수님 이 땅에 이기러 오셨네
미혹을 파할 자 하나님 아들뿐

예수님 이 땅에 죽으러 오셨네
불순종의 빚 갚아주기 위해

골고다 언덕에 순종 깃발 꽂으시고
죽어도 사는 부활의 문 여셨네

예수님 이 땅에 찾으러 오셨네
황량한 광야에서 방황하는 자녀들

길 찾는 열두 제자 부르신 예수님
오늘 나도 부르시며 함께 걷자 하시네.

부활절 아침

내 남편이 아니고
내 자녀들이 아닌 것을

그의 아내이고
그들의 엄마일 뿐인 것을

내 것인 줄 알고
내 손에 단단히 쥐고 있던
남편과 아이들의 생각과 행동을
놓는다, 놓아 준다, 놓아 버린다
양손에 거머쥐고 있던 풍선 줄을 놓듯이

그들이 나를 위해 있지 않고
내가 그들을 위해 있는 것을
비로소 깨닫는
부활절 아침.

중생, 베드로

갈릴리 호숫가에 어부 베드로
땀범벅 얼굴 위로 바람이 불어온다
밤새운 그물질에도 여전히 빈 배
마음은 뒤숭숭하고

동에서 서로, 서에서 동으로
바람결에 실려온 소문들
갈릴리 목수의 아들
그분이 메시아라네

"깊은 데로 가서 그물을 던져라."
빈 배를 향해 보내신 말씀
마음으로 받아 그대로 던진 그물
배에 가득 차고도 넘치는 물고기

마음속 의구심 안개처럼 걷히고
'이분이 메시아!'
솟구쳐 오르는 고백
"나는 죄인이오니 나를 떠나소서."

무릎 꿇고 죄인이라 고백하는 베드로
배를 버려두고 그분 뒤를 따르는데
바람이 콧등의 땀방울 닦아주고
햇살이 반짝반짝 눈 밝혀 주고.

헤브론, 가 보고 싶은 땅

태백 검룡소
한강의 발원지,
가 보았지

태백시 황지동 황지 연못
낙동강 발원지,
가 보았지

아브라함, 이삭, 야곱 묻혀 있는
헤브론 막벨라 굴,
믿음의 발원지
가 보고 싶은 곳

열방 족속 가운데로
그 믿음의 물줄기 도도히 흘러
적시는 가슴마다 믿음이 움 돋는
복의 발원지
밟아 보고 싶은 땅

창밖엔 봄비
산수유꽃 노랗게 피어나고
내 안엔 믿음의 물줄기
생기가 파르르 피어난다.

생명나무

이천 년 전 예루살렘 땅
갈보리 언덕 위에 세워진 십자가
하나님이 심으신 생명나무라

선악과 따 먹고 본향 길 잃은 우리
하늘 생명 회복시켜 자녀 삼기 위해
험한 나무에 달려 생명 열매 되신 주님

"너희를 위해 주는 내 몸"이라며
제자들에게 빵을 떼어주시고
"너희 죄의 사면을 위해 흘린 내 언약의 피"라며
제자들에게 잔을 주신 최후의 만찬

나무에 달려 그 몸과 피를 주시고
사흘 만에 죽음을 이기고 다시 사신 예수님
그분의 언약을 눈과 귀와 입으로 먹은 우리

본향에서 깨어날 영원의 아침을 기다리며
"이리 올라오라."는 큰 나팔 소리 같은 음성
듣는 날 고대苦待하며 사는 우리

예수님 달리신 갈보리 언덕 십자가
하나님이 보호하고 사랑하시는
에덴동산 중앙의 그 생명나무 아닌가.

십자가·1

1.
창문 밖 어둠 속
붉게 빛나는 십자가

잠 속에
꿈 속엔
없는 십자가

2.
잠 속에
꿈 속에
보고 싶던 십자가

꿈길 밟고 목사님 오셔서
외치시는 음성
"군대 간 아들 하나님이 뒤집어놓으신 것
보며 가고 있어요!"

하나님이 뒤집어놓으신 것 보며 가는 우리들
하나님 주시는 복의 열매들

받아 담을 그릇 준비하라고

떨궈 낼 것 떨궈 내고
잘라낼 것 잘라내고

3.
창문 밖 십자가
마음에 옮겨와
오늘도 하룻길
함께 걷네.

십자가·2

차고 어둔 겨울밤
창밖 예배당 지붕 위
붉은 십자가에 가리어진 주님

불 밝힌 방 안으로 들어오세요
주님 기다리는 내 안으로 들어오세요
내 안이 더 차가워 들어오지 못하시면
따뜻하게 데워놓은 잠자리에라도 오셔서
언 몸을 평안히 누이십시오

그리고 내일은 이웃집에 들러
주님을 기다리는 가난한 마음에
주님의 긍휼 철철 넘치도록 부어주세요.

밤 9시

밤 9시
뉴스를 기다리는 마음
하루살이 같아서
화면 가득 지나가는
피고 지는 소식들 밀어내고

변함없는 한 가지
하나님 말씀
듣기도 하고 읽기도 하며
아버지 앞에 다소곳 무릎 꿇는
밤 9시.

저녁 예배

내 맘대로 행하던 걸음
아버지 앞에 와 멈춥니다

목자 없는 양같이
여기 기웃 저기 기웃하다가
서쪽 하늘에 번지는 저녁놀에
아버지 집으로 옵니다

옷깃에 묻어온 바람 냄새
스치고 지나온 얼굴들의 쓸쓸함과 함께
단비처럼 스며들 은혜 앞에 다소곳이
마음 조아리고 앉았습니다

부르시는 아버지 음성에 기뻐하며
아무 걱정 없이 집으로 돌아가는
한 마리 순한 양이고 싶습니다
어둠에 잠긴 이 저녁에는.

말씀으로

똑같아 보이는 나무들
똑같아 보이는 돌들
똑같아 보이는 사람들

어느 날
목수의 손에 들린 나무처럼
석수의 손에 잡힌 돌처럼
말씀에 사로잡힌 나

좌우에 날 선 검 같은 예리한 말씀으로
나무가 다듬어지듯 생각이 깎이어 나가고
돌이 깨어지듯 고집이 떨어져 나가더니
세상에 하나밖에 없는 작품이 되었네.

난 누구지?

난 누구지?
새 피조물

내가 사는 곳이 어디지?
예수 그리스도의 말씀 안

예수 그리스도는 누구지?
세상에게서 값 주고 날 사신 분

정죄의 가시밭에서
사랑의 화원으로 옮겨주신 분

난 누구지?
예수 그리스도 안에서
천국을 사는
자유인.

주민등록

아기가 태어나면
출생 신고하듯

은혜로 죄 용서받고
새 생명 얻은 사람
하늘나라 생명책에
이름이 오르네 (출 32:32)

누구든지 내게 범죄 하면
그는 내가 내 책에서
지워버리리라 (출32:33)
말씀하신 하나님

이 땅에 태어남이 축복이거늘
하늘나라 주민으로 태어나는 일은
얼마나 더 복된 일인가.

등기 이전

보지 말아야 할 것들 눈으로 들어오고
듣지 말아야 할 소리들 귀로 들어와서
마음밭에 모여앉아 자리를 잡으니
생각에 가시가 돋치고
마음에 엉겅퀴 가득해

가뭄 든 땅에 단비 내리듯
곤한 마음밭에 은혜의 빗줄기
흐르고 씻겨 새롭게 되니
마음밭 주인이 바뀌었네

등기 이전해 달라고 부탁해야지.

천국 주소

찾아 헤매던 천국 주소
내 안에 있었네

엄마 품 안의 아기처럼
지갑 안의 주민등록증처럼
성경 안에 예수 그리스도 있고
예수 그리스도 안에 있는 나
바로 그곳이 천국이었네.

천국 시민권

청주에 사는 나는 청주 시민
주민등록증이 있고
세금을 내고
상당구 흥덕구 어디라도 정겨워

몸은 청주에 사나
마음이 있는 곳은 하늘 아버지 집
일용할 양식 주시는
아버지 계신 그곳

예수 그리스도 덕분에 찾게 된
잃어버렸던 나의 아버지
그분 곁에 내 영혼 함께 있다네
믿음으로 받은 천국 시민권.

새해 엽서

함박눈 창 앞에 오락가락하니
보고픈 얼굴 눈앞에 어른거리오
차 한 잔으로는 달래지지 않아
연필로 그대 얼굴 그리오

장편소설 같았던 한 해는 저물고
두루마리 편지인 양 펼쳐진 새해
창밖에 나부끼는 눈송이들이
날 찾아온 그대 영혼 같아서
눈 떼지 못하고 눈 맞추오

이 겨울 그대 창문에 흰 눈이 서성이거든
그대 찾아간 나인 듯 반겨주구려
오늘 아니 이 새해에는
점점이 내려놓고 떠나온 보석들
하나둘 챙기며 함께 모퉁이를 돌려 하오

남아 있는 길이 얼마일는지
허물어진 벽들이 얼마일는지
아직 남은 소망 하나 있기에

이렇게 그대에게 엽서를 쓰오
그분의 깊은 뜻 눈처럼 가슴에 녹아드는
사랑 일 번지에서.

5

아하, 그렇구나!

누구나 시인이다

함께 길을 나서면
함께 이야기하다 보면
누구나 시인이다

생각이 시인이고
느낌이 시인이고
말이 시인이다

문자로 형상화하지 않았다고
시가 아닌 것이 아니다
글로 표현된 시보다 더 진솔하고
마음이 꽃보다 향기로운
산천초목을 사랑하는
그들의 말이 시인 것을

가을 들판에 시가 널려 있다
씨앗을 심고 잡초를 뽑아 주며
기쁨, 감사, 풍성, 평화를
대지大地 위에 형상화해 놓은 부지런한 손들이
시인의 손인 것을.

아하, 그렇구나!

아침에 눈을 뜨니
엄마의 밥상처럼
하루가 차려져 있다
난 세상모르고
잠을 잤는데

찬찬히 살펴보니
내게 있는 건
움직일 수 있는 가느다란 열 손가락
걸을 수 있는 뭉툭한 두 발
그리고 먹을 수 있는 작은 입

곰곰 생각하니
내게 있는 또 한 가지
차려진 식탁에 다가가
먹을 수 있는 특권
내 공로 하나 없어도

아하, 그렇구나!
그날 아침에도

눈 떠 보니
사모하던 그곳
아버지 집이겠구나!

그 나라 이르기까지
내게 주신 것들
손과 발, 눈과 귀 그리고 입
거룩하게 사용해야지
아버지가 기쁘시도록.

아버지와 화해한 날

처음 남몰래
아버지 집 문 두드린 날
설교 속에 등장한 아버지 너무 무서워
다시는 아버지 집에 가지 않기로 맘먹었어요

자나 깨나 인자한 아버지 찾아 삼만 리
이 집 저 집 여기저기 기웃거려 보았지만
어디에도 그런 아버지는 안 계셨지요

쾡한 눈으로 험한 세상 헤매는 나를 보시고
긍휼로 손잡아 주신 아버지
아버지 집 비밀번호 알려주시고
천애 고아였던 내게 낡지 않는
자녀의 옷 입혀 주셨어요
나의 허무감, 근심과 염려는 덤으로
내게서 자취를 감추었구요

이해할 수 없는 일 만나면
화해하려 먼저 손 내밀며 살다 보니
무서운 아버지에 대한 오해도

옥죄인 매듭이 풀리듯 풀어졌어요

하나님의 아들이 오시기 전
죄 가운데 살아가는 민족
아무리 선민이라 해도
율법이 주어졌어도
타고난 미련 덩어리 어쩌지 못해
아버지를 화나게 했구나
아버지는 사랑의 회초리
드실 수밖에 없었구나

말 잘 듣는 자녀
아버지 눈에 얼마나 예쁜지
말 안 듣고 자기 뜻 고집하며 사는 자녀
아버지 마음을 얼마나 무겁게 하는지
안다면, 알고 있다면, 그에게
세상은 삼백육십오 일 화창한 봄날일 텐데요.

내 안에 계신 성령님

약속대로 내게 오신 성령님 아니었으면
하나님을 아버지라 부르는 기적이 어찌 일어나고
고질병이던 허무감이 순식간에 쫓겨날 수 있었을까요!

성령님 내 안에서 나를 가르치시지 않는다면
하나님 말씀으로 우주 만물이 창조된 것
미물인 내가 어찌 깨달아 알 수 있었을까요!

성령님 내 안에 계시지 않는다면
욕망의 탑들이 경쟁하며 하늘로 치솟는 이때
어떻게 나의 빈손, 빈 마음에 평안이 가득할까요!

내 안에 계셨어도 모르고 무심히 지나온 30여 년
이제라도 눈 밝혀 주셨으니
나의 남은 생애는 성령님과 더불어
듣고 배우고 행하며 아버지 뜻 안에서 살다 가렵니다!

봄날에·1

아침에 일어나니
지구가 돌고 있다는데
그래서 꽃들이 피는 거라는데
꽃밭을 유심히 들여다보지만
지구가 도는 줄은, 모르겠어요

창조주 하나님이 계시다는데
그래서 파란 하늘 아래
온 생물이 오순도순 살아간다는데
눈 부릅떠도 보이지 않는 분
정말 계신지, 모르겠어요

그래도 저녁 가고 아침 오며
꽃들은 차례차례 피어나고
어느덧 내 영혼에도 봄이 왔어요
잎새 뒤에 숨어 자란 꽃봉오리 하나
마침내 모습이 보이네요
그 어린 생명은, 아마도 담 옆 명자꽃처럼
붉은빛으로 색칠되고 있겠지요

보이지 않아도 계신 분이
느끼지 못해도 돌고 있는 지구 위에
베풀어 놓으신 봄날에
수놓아지는 거대한 꽃밭을 봅니다.

봄날에·2

"남편과 자녀들의 구원 위해
 기도하라."주신 말씀
어떻게 기도할지 몰라
미루어둔 기도 제목

화분 귀퉁이에 꾹꾹 눌러둔 분꽃씨
연둣빛 두 손 내밀며 다가온 아침
오랜 세월 잊은 듯 맘속에 박혀 있던
기도 제목에도 싹이 돋았네

"내 날이 어두워지고 밤이 오기 전
 남편과 자녀들의 구원 보게 하소서!"
기도 속에 들리는 행간의 말씀
"내가 너를 아노라
 내가 너를 구원했노라!"

꽃 피는 봄날 오듯이
남편과 자녀들 구원의 날도 오리니
주신 말씀 따라 행함이
나의 꿈, 나의 기쁨이어라.

알게 되었네

욕할 줄 모르고
화낼 줄 모르는 건
내 입에서 나온 그 욕과 화
부풀어 고스란히 내게
돌아오는 일 있기 때문

걱정할 줄 모르고
불평할 줄 모르는 건
내 입술을 떠난 말들
들은 대로 부지런히 달려
내게 되돌아오는 날 있기 때문

용서하고
사랑하는 건
나도 아버지 앞에
용서받고 사랑받아야 하는
연약하고 부족한 존재임을 알게 되었기 때문

언제나 그 자리에 서 있는 느티나무가

정스럽고 믿음직한 건
먹이고 입히시는 아버지
온전히 신뢰하는 그 배짱 때문.

감사해요

얼굴 본 적 없지만
목소리 들은 적 없지만
주님이 남긴 말씀
그 말씀 속에서 주님을 만나며
그 말씀의 능력으로 나는 살아요

지친 몸 바닥에 누이고 주님을 생각할 때
오늘 하루 애쓰고 수고한 모든 것들이
주님 앞에는 아무것도 아니었음을
수고한 일들이 전부인 줄 알았지만
주님이 그 안에 없었으므로 아무것도 아니었음을
소리 없는 소리로 말씀해 주셔서 감사해요

주님이 없는 인생은
개미들이 양식을 부지런히 나르고 쌓지만
버려지는 한 동이 물에 순식간에
자취가 없어지는 개미떼와 다르지 않음을
동화책을 펼치고 읽어주시듯
보여주셔서 감사해요.

주님 생각

주님
저 아직
세수하지 못했어도
저 아직
청소하지 못했어도
주님 앞에 나아왔어요

이 동산에서 지내다가
주님 부르시면
몸 씻지 못했어도
내 방 치우지 못했어도
달려가야잖아요

세수 못해서
청소 못해서
부끄럽지만
주님 앞에 나아왔어요

세수하다가
청소하다가

주님 오래 기다리시게 하다가
주님을 잊을까 봐
주님을 잃을까 봐
얼른
주님 앞에 나아왔어요

주님이 주시는 힘으로
세수하기 위해
청소하기 위해
주님 앞에 나아왔어요.

눈부시게 맑은 아침

눈부시게 맑은 이 아침에도
주님은 보이지 않고
나는 목마른 사슴입니다

생각하면 눈물이 납니다
주님의 귀하디귀한 말씀
담을 수 없는 불결한 마음 때문에
주님은 변함없이 내 곁에 계시지만
한 치 앞도 못 보는 내 눈 때문에
팥죽 한 그릇에 장자권을 판 에서가
아직도 내 안에 있기 때문에

주님과 함께 동산을 거닐고 싶습니다
주님만이 나를 가르치시는 분이고
주님만이 나의 인도자라고 고백하며
생명의 향기 가득한 주님의 동산에서
호흡하고 싶습니다

내가 하고 싶은 일
내가 구하는 일자리는

주님의 동산에서
주님과 함께
생명의 씨앗을 심고 가꾸고 거두는 일입니다.

나는 양입니다

나는 양입니다
앞에 가는 양이 가는 대로 따라가는

나는 양입니다
발밑의 풀을 뜯어 먹으며
한 발 건너에 흐르는 도랑도 볼 줄 모르는

나는 양입니다
지금 있는 곳이 어디인지
향하여 가고 있는 곳이 어디인지
아무 생각이 없는

배가 부르면 눕고
어둠이 오면 눈을 감고 잠드는
한 마리 순한 양입니다

목자의 음성을 기다리는 양입니다.

소원

번제물 찾으실 때 드려질 수 있도록
흠도 점도 없는 어린양 되기 원합니다

먼저 그 나라와 의를 구하며
이웃을 내 몸같이 사랑하며
대접받고자 하는 대로 이웃을 대접하며
살기 원합니다

세상을 사랑하시어 다시 번제물 찾으실 때
드려질 수 있는 순결한 어린 양 되게 하소서.

옹기라도 되어

벼락 같은 주님 음성 들은 적 없어도
비둘기 같은 성령 받은 적 없어도
방언을 말하지 못해도
금대접이 아니고
은쟁반이 아니어도

흙으로 빚어진 옹기라도 되어
깊은 산 속 옹달샘처럼
맑은 물이 차 오르는 옹기라도 되어
목마른 시대를 적시는 옹기라도 되어

깨어지고 부서져
토기장이 손에서 다시 빚어지기까지.

밀알 하나

내 생각대로 살면 꽝
주 뜻대로 살면 풍성
말씀으로 뜨겁게 마음을 달구고
한 알의 밀이 되라
있는 자리에서

두 날개로 얼굴 가린 스랍처럼
두 날개로 발목 가린 스랍처럼
얼굴 없이 일하고
절제하며 일하고
땅까지 낮아지고
흙 속에 묻히기까지 낮아져서
묻히고 죽는 밀알이 되라.

꽃씨의 자리까지

꽃인 줄 알았는데
모든 고움 떠난 자리
씨앗까지 가야 하네
꽃진 자리에 남겨진 까만 꽃씨

그처럼 조그마한 씨가 되어
그 속에 잠들지 않으면
나팔 소리에 깨어날
그 무엇 없으리니

땅에 떨어져 묻힐 소망
다시 피어날 생명의 약속
감사하며 노래하리
언제나, 어디서나.

스데반의 죽음

좋은 땅에 떨어진
복음의 씨 발아하여
믿음의 줄기에서 푸릇푸릇
잎이 나고 아롱다롱 꽃들이 피니

시샘하는 무리 떼지어 몰려와
꽃과 잎의 어여쁜 생명력 숨 막히도록
한바탕 연막을 치고
꽹과리를 친다

삽시간에 쏟아지는
따가운 눈총 맞으며
꽃잎도 잎맥도 생기를 잃고
줄기마저 허리가 꺾이는데

아, 그 숨진 자리에
금빛 꽃대궁 하나 돋아나
우뚝 서서 빛나고 있다
밀려오는 어둠을 밀어내고 있다.

천국의 주인공

얼굴이 예쁜 사람
영화의 주인공 되고
연기를 잘하는 사람
연극의 주인공 되고
기막힌 사연을 가진 사람
소설의 주인공 되고
하나님을 감동시킨 사람
천국의 주인공 되고

티 없는 믿음으로 말씀을 따라가는 사람
말씀의 검으로 캄캄한 가시덤불 헤치며 나아가는 사람
폭풍 속에서도 잠잠히 하나님 얼굴 구하는 사람
당신은 천국의 주인공

말 한마디 못하고
손가락 하나 움직이지 못하고
병상에 누워 있지만
하나님이 일하시도록
자기를 내어드리는 사람
당신은 천국의 주인공

말씀의 삽으로 날마다 텃밭을 일구며
믿음, 소망, 사랑 열매 풍성히 맺어 나누어주는 사람
당신은 하나님의 기쁨
천국의 주인공.

그래야지

그래야지
아브라함처럼 가는 곳마다
예배를 드려야지

그래야지
모리아 산 이삭처럼
죽기까지 순종해야지

그래야지
얍복강 가 야곱처럼
하나님이 복 주시기를
끈질기게 간구해야지

그래야지
막냇동생을 위해 탄원하는 유다처럼
의를 생명보다 귀하게 여기며
언약 안에서 굽힘 없이 살아야지

그래야지
형제들의 눈총 속에 팔려 가

애굽의 총리가 된 요셉처럼
어떤 고난 속에서도
하나님만 바라보아야지

우리 하나님을 위하여
그래야지
그래야지.

열매 하나

신록 눈부신 5월
5년 만에 미국에서 오신 숙모 내외
함께 점심을 먹고
차를 마시다

5년 전보다
사람들의 얼굴이 환해지고
옷 색깔이 밝아졌단다

미국 52개 주 중에 한 주 캘리포니아
그 캘리포니아 육분의 일 크기가 바로
우리나라 한국 땅덩어리란다

팔순을 앞둔 백발의 숙모
날숨처럼 뿜어낸 말 한마디

"이제 와 생각하니
많이 손해 보고
많이 져 주며 산 것이
가장 잘한 일이었어."

숙모 내외 지나간 자리에
붉은 열매 하나 맺혔다.

들리는 소리

날 위해 바쁘게 발걸음 옮기는데
들리는 소리
남 위해 바쁘게 살아라

날 위해 시간을 투자하는데
들리는 소리
남 위해 시간을 투자하라

날 위한 근심 떠나지 않는데
들리는 소리
남 위해 기쁘게 살아라.

행복

내 집을 크게 키우는 것이 아니라
하나님 나라를 넓히는 것

내 이름을 남기기 위해 사는 것이 아니라
하나님 이름을 높이기 위해 사는 것

허상인 내가 아니라
실상인 주님을 드러내는 것

이러한 소원을 주신
나의 주님
나의 행복.

내 마음의 하늘

백두산 천지 오르는 길
키 작은 풀꽃들 지천인 능선
머리 위 구름 아니면
뜨거운 태양 피할 길 없어

천지天池를 향한 발걸음마다
가쁜 숨에 구르는 땀방울
구름이 다가와 펼쳐 준 반가운 그늘
잠시 쉼을 얻는데
40년 광야길 구름 기둥 이야기
불현듯 생수처럼 마음에 젖어 들다

천지를 실컷 본 기쁨만 챙겨 내려온 줄 알았는데
오르는 길에 만난 파란 하늘 흰 구름
함께 더불고 왔네

그 하늘 내 마음의 하늘이 되고
그 구름 내 가는 길에 구름 기둥 되리.

나비의 시

말씀으로 지어진 고치 안에서
잠잠히 숨죽이고 궁구는 동안
감겼던 두 눈이 뜨이고
감추였던 믿음과 순종의 두 날개
꽃술보다 하느란 정강이 생겼어라

말씀으로 빚어진 천하보다 귀한 몸
하늘 품에 안겨 다소곳 날며
꽃을 찾아 꽃들을 찾아
세상 속을 날며
창공에 쓰는 나비의 시

여기 부활이
여기 천국이
여기 자유가
여기 사랑이

꽃향기 은은한 사랑 나눔 동산에
햇살과 바람 더불고
호랑나비 흰나비 노랑나비 떼 날고 있다.

제3시집

집으로의 여행

2023년 4월 25일 인쇄
2023년 4월 28일 발행

지은이 / 박순희
펴낸곳 / (주)대한출판
등록번호 / 2007년 6월 15일 제 3호
주소 / 충북 청주시 청원구 북이면 내수로 796-68
전화 / 043) 213-6761

ISBN 979-11-5819-091-0
값 11,000원

◈ 이 책은 대한기독문인회 빛누리출판 사업으로
(주)대한출판의 지원을 받아 발간하였습니다.